CENICIENTA
A LA
PIMIENTA

Para Gabo. Con amor,
canela y pimienta.

Gabriela

Syncretic Press

Published by Syncretic Press, LLC.
PO Box 7401, Wilmington, Delaware 19803
www.syncreticpress.com
Direct all questions to info@syncreticpress.com

2021 by Syncretic Press, LLC – First US edition in Spanish
Cenicienta a la pimienta, by Gabriela Burin
Text & Illustrations copyright © 2021 by Gabriela Burin
ISBN: 978-1-946071-32-3
Library of Congress Control Number: 2020942512

Cenicienta a la pimienta. First published in Argentina
Text & Illustrations copyright © 2013 by Gabriela Burin

Printed in China

CENICIENTA
A LA
PIMIENTA

GABRIELA BURIN

El Conde de Zaragoza,
está solo y busca esposa.

Ha organizado un evento,
que lo lleve al casamiento.

Una dama sugestiva,
de repente, lo cautiva.

Viste ropas elegantes,
usa anillos en los guantes,

y en los salones reales
ha olvidado sus modales.

Todos, con delicadeza,
comen caviar en la mesa.

Mientras ella, de cuclillas,
examina la vajilla.

En el medio del salón,
¡qué terrible papelón!

el mozo le ofrece vino,
¡y miren qué desatino!:

la mujer, nuestra doncella,
le captura la botella,

y se la bebe completa,
sin mirar ni la etiqueta.

¡Qué mujer desopilante!
¡Y qué aliento a ají picante!

Hace ruido con los tacos
y en un terrible arrebato

se come una fuente entera
de aceitunas en salmuera.

Las mujeres del salón
con tapado de visón,

contemplan con gran asombro
aquel abrigo en los hombros.

Lleva puesto la señora
¡a su gatito de angora!

Hace "MIAU", le ronronea,
y sin que nadie lo vea,

con admirable destreza,
roba el jamón de una mesa.

En eso ¡las campanas!
¡Son las doce! ¡Qué macana!

La mujer despampanante
debe irse cuanto antes,

no sea que la carroza
se convierta en otra cosa.

Mira su abrigo de angora,
y le dice:

Así huye con su gato,
pero se olvida un zapato.

"¿Es acaso de cristal?"
Se pregunta un comensal.

El Conde escupe la torta.
Le responde:

¡QUÉ

Corre entonces a la dama,
le confiesa que la ama,

la toma y luego la besa.
Todos gritan:

¡QUÉ SORPRESA!

El Conde ya no está solo,
de la mano va su esposa:

la mujer sin protocolo,
Condesa de Zaragoza.

Gabriela Burin

Nací en Buenos Aires, Argentina. Me dedico a ilustrar y escribir libros para chicos y chicas. He publicado mis libros en Argentina, Uruguay, Paraguay, México, España, China, Emiratos Árabes y Estados Unidos. Algunos de mis libros son *Cualquier Verdura, Brujas con poco trabajo, El incendio* y *Cuando sea grande*. El incendio fue destacado por ALIJA-IBBY en la categoría Libro Álbum en el 2008. Y el libro *Cuando sea grande* recibió el premio en la categoría "Ilustración" por ALIJA-IBBY en el 2014.

Lo que más me divierte son las historias de mujeres finas, gordas y copetudas. ¡Quizás un día me convierta en una de ellas! Mientras tanto –y hasta que eso suceda– solamente las imagino, las dibujo y las escribo...